HOMBRE MOSCA Y CHICA MOSCA

CACERÍA ENTRE AMIGOS

Tedd Arnold

Scholastic Inc.

Especialmente para Adrienne

Originally published in English as *Fly Guy and Fly Girl: Friendly Frenzy*

Translated by Abel Berriz

Copyright © 2021 by Tedd Arnold
Translation copyright © 2022 by Scholastic Inc.

ISBN 978-1-338-79820-3

10 9 8 7 6 5 4 3 2 1   22 23 24 25 26

Printed in the U.S.A.   40

First Spanish printing 2022

Book design by Brian LaRossa

Un niño tenía una mosca de mascota.
La mosca se llamaba Hombre Mosca.
Hombre Mosca podía decir el nombre
del niño:

¡BUZZ!

Una niña tenía una mosca de mascota.

La mosca se llamaba Chica Mosca.

Chica Mosca podía decir el nombre de

la niña:

CAPÍTULO 1

Un día, Buzz y Hombre Mosca vieron a Liz y a Chica Mosca jugando en el parque.

—¡Hola, Liz! —dijo Buzz.

—¡Ah! ¡Hola, Buzz! —dijo Liz—.
Trepemos ese árbol.

—¡Está bien! —dijo Buzz.

Hombre Mosca dijo:

¿QUÉ PAZZA?

Chica Mosca dijo:

¡VEAMOZZ!

Hombre Mosca y Chica Mosca
siguieron a Buzz y a Liz.

—Qué agradable —dijo Buzz.

—Es mi árbol favorito —dijo Liz.

Hombre Mosca y Chica Mosca
dijeron:

—¿Puedo subir? —dijo un chico.

—¡Sí! —dijo Liz—. Me llamo Liz.

—Y yo, Buzz —dijo Buzz.

—Yo soy Carlos —dijo el chico.

—Me gusta traer a mi mascota al parque —dijo Carlos—. Este es mi lagarto. Se llama Annie.

—Nuestras mascotas también
están aquí —dijo Buzz—. Este es
Hombre... ¿eh? ¡Se fue!

—Qué curioso —dijo Liz—.
¡Chica Mosca también se fue!

CAPÍTULO 2

Hombre Mosca y Chica Mosca estaban escondidos en lo alto del árbol. Miraban hacia abajo, a Carlos y su mascota.

Hombre Mosca dijo:

Chica Mosca dijo:

Mientras tanto, abajo en la rama.

—¿Dónde están? —dijo Buzz.

—Quizás se escondieron porque los lagartos comen moscas —dijo Liz.

—¡No! —dijo Carlos—. Annie no haría algo así. Es muy buena. Solo mírenla. Ella... ¿eh? ¡Se *fue*!

En lo alto del árbol, Hombre
Mosca y Chica Mosca dijeron:

No veían a Annie por ningún lado.

Mientras tanto, abajo en la rama, Liz y Buzz estaban preocupados.

—¿Y si Annie está cazando a nuestras moscas para comérselas?

—¡No! —dijo Carlos—. ¡La alimento bien y nunca le doy moscas! ¡Relájense!

En lo alto del árbol, Hombre Mosca
y Chica Mosca oyeron algo a sus
espaldas.

19

Mientras tanto, abajo en la rama.

—¿Exactamente qué *le das* de comer a Annie? —preguntó Buzz.

—Cosas —dijo Carlos—. Ya saben... gusanitos y eso.

—¡¡¡Los gusanitos son BEBÉS
MOSCA!!! —gritaron Buzz y Liz.
—¿Cómo iba a saberlo?
—gritó Carlos.

En lo alto del árbol, Hombre Mosca y
Chica Mosca sorprendieron a Annie.

CAPÍTULO 3

Annie se cayó del árbol.
Hombre Mosca y Chica Mosca
finalmente la soltaron.

PAAF

¡UFF!

Annie se paró de un brinco y los
persiguió. Hombre Mosca vio uno
de sus lugares favoritos. Chica Mosca
lo siguió.

Se escondieron en un bote de basura asqueroso. Hombre Mosca dijo:

Ambos se asomaron.

Chica Mosca gritó:

¡Annie los encontró! Chica Mosca tomó una papa frita grasienta y se la lanzó.

27

Hombre Mosca y Chica Mosca le lanzaron a Annie todas las papas fritas que encontraron.

Mientras tanto, abajo en la rama.

—Lo siento —dijo Carlos—. No sabía que tendría nuevos amigos cuyas mascotas fuesen moscas.

—No es tu culpa —dijo Buzz—. Pero ¿qué hacemos ahora?

Justo entonces Annie trepó hasta la rama.

—¡Todos tenemos nuevos amigos! —dijo Liz.